C'EST TOUT

C'EST TOUT

MARGUERITE DURAS

SEVEN STORIES PRESS
NEW YORK / TORONTO / LONDON

Pour Yann.
On ne sait jamais, avant,
ce qu'on écrit.
Dépêche-toi de penser à moi.

Pour Yann mon amant de la nuit.
Signé: Marguerite, l'aimante de cet amant adoré,
le 20 novembre 1994, Paris, rue Saint-Benoît.

Le 21 novembre, l'après-midi, rue Saint-Benoît.

Y.A.: Que diriez-vous de vous-même?
M.D.: Duras.
Y.A.: Que diriez-vous de moi?
M.D.: Indéchiffrable.

Plus tard, le même après-midi.

Quelquefois je suis vide pendant très longtemps.
Je suis sans identité.
Ça fait peur d'abord. Et puis ça passe par un
mouvement de bonheur. Et puis ça s'arrête.
Le bonheur, c'est-à-dire morte un peu.
Un peu absente du lieu où je parle.

Plus tard, encore.

C'est une question de temps. Je ferai un livre.
Je voudrais mais ça n'est pas sûr que j'écrive ce
livre.
C'est aléatoire.

Le 22 novembre, l'après-midi, rue Saint-Benoît.

Y.A.: Vous avez peur de la mort?
M.D.: Je ne sais pas. Je ne sais pas répondre. Je
ne sais plus rien depuis que je suis arrivée à la
mer.
Y.A.: Et avec moi ?
M.D.: Avant et maintenant c'est l'amour entre
toi et moi. La mort et l'amour. Ce sera ce que tu

voudras, toi, que tu sois.

Y.A.: Votre définition de vous?

M.D.: Je ne suis pas, comme en ce moment: je ne sais pas quoi écrire.

Y.A.: Votre livre préféré absolument?

M.D.: *Le Barrage,* l'enfance.

Y.A.: Et le paradis, vous irez?

M.D.: Non. Ça me fait rire.

Y.A.: Pourquoi?

M.D.: Je ne sais pas. Je n'y crois pas du tout.

Y.A.: Et après la mort, qu'est-ce qui reste?

M.D.: Rien. Que les vivants qui se sourient, qui se souviennent.

Y.A.: Qui va se souvenir de vous?

M.D.: Les jeunes lecteurs. Les petits élèves.

Y.A.: Vous vous préoccupez de quoi?

M.D.: D'écrire. Une occupation tragique, c'est-à-

dire relative au courant de la vie. Je suis dedans
sans effort.

Plus tard, le même après-midi.

Y.A.: Vous avez un titre pour le prochain livre?
M.D.: Oui. Le livre à disparaître.

Le 23 novembre à Paris, 15 heures.

Je veux parler de quelqu'un.
D'un homme de vingt-cinq ans tout au plus.
C'est un homme très beau qui veut mourir avant
d'être repéré par la mort.
Vous l'aimiez.

10

Plus que ça.

La beauté de ses mains,
c'est ça, oui.
Ses mains qui avancent avec la colline—devenue
distincte, claire, aussi lumineuse qu'une grâce d'enfant.
Je vous embrasse.
Je vous attends comme j'attends celui qui détruira
cette grâce défaite, douce et encore chaude.
A toi donnée, entière, de tout mon corps, cette
grâce.

Plus tard dans le même après-midi.

J'ai voulu vous dire
que je vous aimais.

Le crier.

C'est tout.

Rue Saint-Benoît, le dimanche 27 novembre.

Etre ensemble c'est l'amour, la mort, la parole,
dormir.

Plus tard, ce dimanche.

Y.A.: Vous diriez quoi de vous?
M.D.: Je ne sais plus très bien qui je suis.
Je suis avec mon amant.
Le nom, je ne sais pas.
Ce n'est pas important.

Etre ensemble comme avec un amant.
J'aurais voulu que ça m'arrive.
Etre ensemble avec un amant.

Silence, et puis.

Y.A.: Ça sert à quoi, écrire?
M.D.: C'est à la fois se taire et parler. Ecrire. Ça
veut dire aussi chanter quelquefois.
Y.A.: Danser?
M.D.: Ça compte aussi. C'est un état de l'indi-
vidu, danser. J'ai beaucoup aimé danser.
Y.A.: Pourquoi?
M.D.: Je ne sais pas encore.

Silence, et puis.

Y.A.: Etes-vous très douée?
M.D.: Oui. Il me semble bien.

Ecrire c'est très près du rythme de la parole.

Lundi 28 novembre, 15 heures, rue Saint-Benoît.

Il faut parler de l'homme de *La Maladie de la
Mort.*
Qui est-ce?
Comment en est-il arrivé là?
Ecrire sur la maigreur,
à partir de la maigreur de l'homme.

Un autre jour.

Il n'est plus apparu dans la chambre.
Jamais.
C'était inutile d'attendre son chant, parfois rieur,
parfois triste, parfois morne.
Très vite il est redevenu l'oiseau que j'avais
connu dans les champs.

Plus tard, ce même autre jour.

Faire savoir à Yann que ce n'est pas lui qui écrit
les lettres, mais qu'il pourra signer la dernière.
Ça me fera profondément plaisir. Signé: Duras.

Plus tard encore.

Le nom chinois de mon amant.
Je ne lui ai jamais parlé dans sa langue.

Un autre jour, rue Saint-Benoît.

Pour Yann.
Pour rien.
Le ciel est vide.
Ça fait des années que j'aime cet homme.
Un homme que je n'ai pas encore nommé.
Un homme que j'aime.
Un homme qui me quittera.
Le reste, devant, derrière moi, avant et après

16

moi, ça m'indiffère.
Je t'aime.

Toi, tu ne peux plus prononcer le nom que je
porte et donné par les parents.
Des amants inconnus.
Laissons faire si tu veux.
Encore pour quelques jours d'attente.
Tu me demandes attente de quoi, je réponds: je
ne sais pas.
Attendre.
Dans le devenir du vent.
Peut-être demain je t'écrirai encore.

On peut vivre de ça.

17

Rire et pleurer ensuite.

Je parle du temps qui sourd de la terre.

Je n'ai plus de souffle.

Il faut que je m'arrête de parler.

Plus tard.

Des activités diverses qui me tentent de temps
en temps, par exemple la mort de ce jeune
homme. Je ne sais plus comment il s'appelle,
comment l'appeler. Littéralement son
insignifiance est grande.

Silence, et puis.

Je n'ai plus aucune notion sur ce que je croyais
savoir ou attendre de revoir.
Voilà, c'est tout.

Silence, et puis.

Le commencement de la fin de cet amour effec-
tivement effrayant, avec le regret de chaque
heure.
Et puis il y a eu l'heure qui a suivi, incom-
préhensible, sortant du fond du temps.
Heure horrible.
Superbe et horrible.
Je suis arrivée à ne pas me tuer rien qu'à l'idée
de sa mort.
De sa mort et de sa vie.

Silence, et puis.

Je n'ai pas dit le principal sur sa personne, son
âme, ses pieds, ses mains, son rire.
Le principal pour moi, c'est de laisser son regard
quand il est seul. Quand il est dans le désordre
de la pensée.
Il est très beau. C'est difficile à savoir.
Si je commence à parler de lui, je ne m'arrête
plus.
Ma vie est comme incertaine, plus incertaine,
oui, que la sienne à lui devant moi.

Silence, et puis.

20

Je voudrais continuer à divaguer comme je le fais
par certains après-midi d'été comme celui-là.
Je n'en ai plus le goût ni le courage.

Le 14 octobre 1994.

Le 14 octobre 1914. Le titre ici ne signifie rien
que pour l'auteur. Le titre ne veut donc rien dire.
Le titre aussi attend ça: un titre. Un ciment.
Je suis au bord de la date fatale.
Elle est NULLE.
Pourtant la date est inscrite sur du papier blond.
Elle a été inscrite par une tête blonde d'homme.
Une tête d'enfant.
Moi, je crois cela: je crois par-dessus moi ce qui
a été écrit parallèlement à cette tête d'enfant.
C'est le RESTE de l'écrit. C'est un sens de l'écrit.

21

C'est aussi la senteur d'un amour qui passait par
là, par l'enfant.
Un amour sans direction qui avait senti la chair
d'un enfant qui se mourait de lire l'inconnu du
désir.
Le tout s'évanouira quand s'effacera le texte de la
lecture.

Le 15 octobre.

Je suis en contact avec moi-même dans une liberté
qui coïncide avec moi.

Silence, et puis.

Je n'ai jamais eu de modèle.

Je désobéissais en obéissant.

Quand j'écris je suis de la même folie que dans la vie. Je rejoins des masses de pierre quand j'écris. Les pierres du Barrage.

Samedi 10 décembre, 15 heures, rue Saint-Benoît.

Vous y allez tout droit à la solitude.

Moi, non, j'ai les livres.

Silence, et puis.

Je me sens perdue.

Mort c'est équivalent.

23

C'est terrifiant.

Je n'ai plus envie de faire l'effort.

Je ne pense à personne.

C'est terminé le reste.

Vous aussi.

Je suis seule.

Silence, et puis.

Ce n'est plus du malheur que tu vis, c'est le désespoir.

Silence, et puis.

Y.A.: Vous êtes qui?

M.D.: Duras, c'est tout.

Y.A.: Elle fait quoi, Duras¿

M.D.: Elle fait la littérature.

Silence, et puis.

Trouver quoi écrire encore.

Paris le 25 décembre 1994.

La pluie des enfants est tombée dans le soleil.

Avec le bonheur.

Je suis allée voir.

Après il a fallu leur expliquer que c'était normal.

Depuis des siècles. Parce que les enfants ils ne

comprenaient pas, ils ne pouvaient pas encore
comprendre l'intelligence des Dieux.
Après il a fallu continuer à marcher dans la forêt.
Et chanter avec les adultes, les chiens, les chats.

Paris, le 28 décembre.

Une lettre pour moi.
Il suffirait de changer ou de laisser sans devenir
aucun.
La lettre.

Le 31 décembre 1994.

Bonne année à Yann Andréa.

26

Je m'ennuie de tes lettres courtes.

Le 3 janvier, rue Saint-Benoît.

Yann, je suis encore là.
Il faut que je parte.
Je ne sais plus où me mettre.
Je vous écris comme si je vous appelais.
Peut-être pourriez-vous me voir.
Je sais que ça ne servira à rien.

Le 6 janvier.

Yann.
J'espère te voir à la fin de l'après-midi.

27

De tout mon cœur.
De tout mon cœur.

Le 10 février.

Une intelligence en allée de soi.
Comme évadée.
Quand on dit le mot écrivain à Duras, ça fait un
double poids.
Je suis l'écrivain sauvage et inespérée.

Plus tard, le même après-midi.

Vanité des vanités.
Tout est vanité et poursuite du vent.

Ces deux phrases donnent toute la littérature de
la terre.
Vanité des vanités, oui.
Ces deux phrases à elles seules ouvrent le
monde: les choses, les vents, les cris des enfants,
le soleil mort pendant ces cris.
Que le monde aille à sa perte.
Vanité des vanités.
Tout est vanité et poursuite du vent.

Le 3 mars.

C'est moi la poursuite du vent.

Silence, et puis.

29

Il y a des papiers que je dois ranger à l'ombre de
mon intelligence.
C'est indélébile ce que je fais.

Samedi 25 mars.

Je suis peinée que les décennies passent si vite.
Mais je suis quand même de ce côté-là du
monde.
C'est tellement dur de mourir.
A un certain moment de la vie, les choses sont
finies.
Je le sens comme ça: les choses sont finies.
C'est comme ça.

Silence, et puis.

Je vous aimerai jusqu'à ma mort.
Je vais essayer de ne pas mourir trop tôt.
C'est tout ce que j'ai à faire.

Silence, et puis.

Yann, tu ne te sens pas un peu le pendentif de
Duras?

Vendredi saint.

Prends-moi dans tes larmes, dans tes rires, dans

31

tes pleurs.

Samedi saint.

Ce que je vais devenir.
J'ai peur.
Viens.
Venez avec moi.
Vite, venez.

Plus tard, le même après-midi.

Allons voir l'horreur, la mort.

Plus tard encore.

Caressez-moi.
Venez dans mon visage avec moi.
Vite, venez.

Silence, et puis.

Je t'aime trop.
Je ne sais plus écrire.
L'amour trop grand entre nous, jusqu'à l'horreur.

Silence, et puis.

33

Je ne sais pas où je vais.

J'ai peur.

Partons ensemble sur la route.

Viens vite.

Je vais t'envoyer des lettres.

C'est tout.

Ça fait peur d'écrire.

Y'a des trucs comme ça qui me font peur.

Dimanche 9 avril. Les Rameaux.

On est tous les deux des innocents.

Silence, et puis.

J'ai une vie maigre maintenant.

Pauvre.

Je suis devenue pauvre.

Je vais écrire un texte nouveau. Sans homme. Il
n'y aura plus rien.

Je suis presque plus rien.

Je ne vois plus rien.

C'est encore le tout, longtemps, avant la mort.

Plus tard.

Il n'y a pas de dernier baiser.

Plus tard encore.

Il ne faut pas vous en faire pour le fric.

C'est tout.

Je n'ai plus rien à dire.

Pas même un mot.

Rien à dire.

Allons faire cent mètres sur la route.

Ce même dimanche.

S'il y a un bon Dieu, c'est toi. Tu y crois dur
comme fer, toi.

Silence, et puis.

Moi, je peux tout recommencer.

36

Dès demain.

A tout moment.

Je recommence un livre.

J'écris.

Et hop, voilà!

Moi, le langage, je connais.

Je suis très forte là-dedans.

Silence, et puis.

Dites donc, ça se confirme Duras, partout dans
le monde et au-delà.

Le mercredi 12 avril, après-midi, rue Saint-Benoît.

Viens.
Viens dans le soleil, quel qu'il soit.

Le 13 avril.

Toute une vie j'ai écrit.
Comme une andouille, j'ai fait ça.
C'est pas mal non plus d'être comme ça.
Je n'ai jamais été prétentieuse.
Ecrire toute sa vie, ça apprend à écrire. Ça ne
sauve de rien.

Le mercredi 19 avril, 15 heures, rue Saint-Benoît.

Il se trouve que j'ai du génie.

J'y suis habituée maintenant.

Silence, et puis.

Je suis un bout de bois blanc.
Et vous aussi.
D'une autre couleur.

Le 11 juin.

Vous êtes ce que vous êtes et ça m'enchante.

Silence, et puis.

39

Venez vite.

Vite, donnez-moi un peu de votre force.

Venez dans mon visage.

Le 28 juin.

Le mot amour existe.

Le 3 juillet, 15 heures, Neauphle-le-Château.

Je sais bien que tu as d'autres ambitions. Je sais
bien que tu es triste. Mais ça m'est égal. Que tu
m'aimes, c'est le plus important. Le reste m'est
égal. Je m'en fous.

Plus tard, le même après-midi.

Je me sens écrasée d'exister.
Ça me donne envie d'écrire.
J'ai écrit très fort sur toi quand tu étais parti—
sur l'homme que j'aime.
Tu es dans le charme le plus vif que j'aie
jamais vu.
Tu es l'auteur de tout.
Tout ce que j'ai fait tu aurais pu le faire.
Je t'entends dire que tu as renoncé à cette
phrase, cette phrase-là.

Silence, et puis.

41

Est-ce que tu entends ce silence.
Moi, j'entends les phrases que tu as dites à la
place de celle-là qui écrit.

Silence, et puis.

Tout a été écrit par toi, par ce corps que tu as.
Je vais arrêter là ce texte pour en prendre un
autre de toi, fait pour toi, fait à ta place.

Silence, et puis.

Alors, ce serait quoi, ce que tu veux entendre
écrire?

42

Silence, et puis.

Je ne supporte pas ton devenir.

Le 4 juillet à Neauphle.

Comme une peur immédiate de la mort.
Et après une fatigue immense.

Silence, et puis.

Viens.

43

Il faut qu'on parle de notre amour.
On va trouver les mots pour ça.
Il n'y aurait pas de mots peut-être.

Silence, et puis.

J'aime la vie, même comme elle est là.
C'est bien, j'ai trouvé les mots.

Plus tard, le même jour.

Dans l'avenir je ne veux rien.
Que parler de moi encore, toujours, comme une
plate-forme monotone. Encore de moi.

44

Silence, et puis.

Moi, je veux que ça disparaisse ou que Dieu me
tue.

Silence, et puis.

Viens vite.
Je vais mieux.
La peur est moins solide.
Laisse-moi là où je suis avec la peur de la mort
de ma mère, restée intacte, entière.
C'est tout.

Samedi 8 juillet, 14 heures, à Neauphle.

Je n'ai plus rien dans la tête.
Que des choses vides.

Silence, et puis.

Ça y est.
Je suis morte.
C'est fini.

Silence, et puis.

Ce soir on va manger quelque chose de très fort.

Un plat chinois par exemple. Un plat de la
Chine détruite.

Le 10 juillet à Neauphle.

Vous devenez beau.
Je vous regarde.
Vous êtes Yann Andréa Steiner.

Le 20 juillet, Neauphle, l'après-midi.

Les baisers de vous, j'y crois jusqu'à la fin de ma
vie.

Au revoir.

47

Au revoir à personne. Même pas à vous.

C'est fini.

Il n'y a rien.

Il faut fermer la page.

Viens maintenant.

Il faut y aller.

Temps. Silence, et puis.

Il serait temps que vous fassiez quelque chose.
Vous ne pouvez pas rester à rien faire. Ecrire
peut-être.

Silence, et puis.

48

Comment faire pour vivre un peu, encore un
peu.
C'est tout.
C'est plus moi maintenant. C'est quelqu'un que
je ne connais plus.

Silence, et puis.

Tu peux maintenant ouvrir ton cœur. C'est
moi peut-être. Je ne suis pas perdue pour toi.

Silence, et puis.

Pour adoucir la vie?
Personne ne le sait. Il faut essayer de vivre. Il ne

faut pas se jeter dans la mort.

C'est tout.

C'est tout ce que j'ai à dire.

Le 21 juillet.

Viens.

Je n'aime rien.

Je viendrais autour de toi.

Viens à côté de moi.

C'est tout.

Je veux être à l'abri de ça.

Viens vite me mettre quelque part.

Plus tard dans l'après-midi.

Je ne peux plus du tout tenir.
Je ne crois pas qu'on puisse nommer cette peur.
Pas encore.

Donne-moi ta bouche.
Viens vite pour aller plus vite.
Vite.
C'est tout.
Vite.

Samedi 22 juillet. Pluie.

Je ne ferai plus rien pour restreindre ou pour

agrandir ta vie.

Silence.

Viens dans mon visage.

Silence.

Je vous aimerai jusqu'à ne pas vous abandonner.

Silence.

Vous êtes nul. Rien. Un double zéro.

52

Dimanche 23 juillet.

Je ne peux me résoudre à être rien.

Silence.

Ne pas pouvoir être comme toi, c'est un truc
que je regrette.

Silence.

Venez avec moi dans le grand lit et on attendra.

53

Rien.

Silence.

Je suis glacée par la folie.

Y.A.: Vous voulez ajouter quelque chose?
M.D.: Je ne sais pas ajouter. Je sais seulement
créer. Seulement ça.

Lundi 24 juillet.

Venez m'aimer.
Venez.
Viens dans ce papier blanc.

Avec moi.

Je te donne ma peau.
Viens.
Vite.

Dis-moi au revoir.
C'est tout.
Je ne sais plus rien de toi.

Je m'en vais avec les algues.
Viens avec moi.

Le 31 juillet.

Quelle est ma vérité à moi?
Si tu la connais, dis-la-moi.

Je suis perdue.

Regarde-moi.

Le 1er août, l'après-midi.

Je crois que c'est terminé. Que ma vie c'est fini.
Je ne suis plus rien.
Je suis devenue complètement effrayante.
Je ne tiens plus ensemble.
Viens vite.
Je n'ai plus de bouche, plus de visage.

Paris, le 12 octobre 95.

Viens dans ma vie.

15 h 30.

Je suis morte. C'est fini.

Mardi 31 octobre.

Il n'y a plus de Duras. Je ne peux plus rien. Je n'ai plus rien.

17 heures.

57

Je suis une aimante.

Tu es un aimant.

Vendredi 3 novembre.

Tu as demandé à Dieu pour qu'il me tue?

16 heures.

Il faudrait que j'aie le courage de mourir.

Jeudi 16 novembre.

Le long de la mer. Le long de toi.

Je ne suis plus rien. Je ne sais plus où je suis.
C'est fini.

Des colonnes pour se rapprocher du ciel.
Viens.

18 novembre.

Je suis morte. C'est fini. Après ça sera dur pour
vous.

Mercredi 22 novembre.

59

Je deviens folle parce que je n'ai plus rien.
Je crois que c'est fini, ma vie.
Ma bouche est fatiguée. Il n'y a plus de mots.
Je n'ai plus rien. Plus de papier.

Le 2 décembre.

C'est fini. Je n'ai plus rien. Je n'ai plus de
bouche, plus de visage. C'est atroce.

Mercredi 6 décembre.

Vous êtes un vieux corbeau. Un vieux salaud.

Jeudi 7 décembre.

Vous avez une force dans le visage.

Vendredi 8 décembre.

Vous êtes une grande casserole de connards.
Vous êtes tous complètement foutus.
Tout est insupportable.

19 heures.

Y.A.: Qu'est-ce que vous sentez?

61

M.D.: L'état de mort qui vient.
C'est fini. Tout est fini. C'est comme ça.

Le 24 décembre.

Je ne mange pas parce que je n'ai plus rien de la
vie.
Regarde: mes mains sont mortes.

Mardi 26 décembre.

J'ai horreur des mangeailles psychologiques.
C'est dégoûtant.

Minuit.

Je ne veux rien, rien qui soit conditionné.
Je veux un café, et tout de suite.

Le 27 décembre.

Regardez-moi: je suis vide. C'est la quiétude qui
me manque.

Le 28 décembre.

Arrêtez de faire le tintin.

63

Le 29 décembre.

Je n'ai plus rien. Je suis morte. Je le sens.
Apportez-moi une boîte.

J'ai envie de voir ma mère.

Dépêchez-vous.

J'ai tout le corps qui me flambe.

Plus tard

La perte de votre cœur, ça vous fait mal?

Plus tard

Viens vite me voir, avec moi, donne-moi
quelque chose.

Samedi 30 décembre, 2 h 30 dans la nuit;

Vous êtes séparé du royaume de Duras.

Mercredi 3 janvier 96.

Le vide, c'est-à-dire la liberté.

Les femmes closes ne disent rien. Elles atten-
dent.
Une femme seule ne parle pas.

Samedi 6 janvier.

Ce n'est pas grand chose la gentillesse. Ce qui
importe c'est la pensée extrême qui ne mène
nulle part, à rien.

Plus tard

La haine, ça sert à tenir.

66

Le 7 janvier.

Je n'ai plus rien dans la tête. Je le sais.

Le 8 janvier.

Je n'ai rien d'autre à faire qu'à m'en aller.
Je ne sais pas où.

J'ai fait du feu et tout était blanc.

Je ne perçois aucun sens—et ça me rend seule,
pas triste, non, seule.

Je vois des gants noirs près de moi.

Plus tard

Et elle vient d'où cette littérature?
J'aime les livres ouverts.

Venez dans la salle blanche. Venez m'enlever une
robe de soie. Je n'ai plus rien à porter.

C'est une vie magnifique que je t'ai fait ouvrir. Ça
n'a pas de sens, mais à la fin, on y croit.

Je n'ai jamais oublié un livre.

On est seul pour personne. Une misère pauvre.
Une pauvre femme pauvre. Ce que je suis. Et
c'est tout.

Ne me laissez pas tomber, je vous en supplie.
Je pleure au fond de moi.
Laissez-moi, je suis quelqu'un de libre.

Jeudi 18 janvier.

Ma main, elle écrit.

Le 19 janvier.

Une douleur confidentielle.

Yann, il faudrait que je t'excuse, je ne sais pas de quoi.

Je suis belle. Carrément, fortement belle.

Le 25 janvier.

C'est la fin. C'est fini. C'est la mort. C'est l'horreur.
Ça m'ennuie de mourir.

Je sens un rien qui arrive: la mort. Et ça fait peur.

Il y a des yeux éteints.
J'ai très peur.
Vite.
Je ne crois pas. Je crois que je suis dans le cirage.

Il n'y a rien. Tout ce que l'on fait, il n'y a rien.
Je ne peux pas écrire les choses qui m'abattent.

J'aime toujours ma mère. Y a rien à faire, je l'aime toujours.

Vous ne pouvez jamais rien comprendre, c'est une sorte de déficience. Moi, je comprends un peu.

Une page, vite. Et on arrive. Et on arrête. Vite.

Yann, je t'ai tellement aimé. Et maintenant il faut que je m'éloigne.

Je ne sais pas pour le Bon Dieu tous les jours... On dépend de pas grand chose. Et après on voit. Tous les cinq jours peut-être?

Vendredi 26 janvier.

Pendant quelques secondes j'ai senti la senteur
de la terre.

Yann, sors de cet espace divin, ça fait peur. Tu
fais peur quelquefois.

J'en ai marre d'être seule. Je vais prendre un type
pour travailler sur le travail.

Je voudrais faire un livre sur moi et sur ce que je
pense. C'est tout. N'importe quoi de noir et de
blanc.

Vous êtes très creux. Moi, j'ai toujours été dans
les fonds.

Le 29 janvier.

Le vide. Le vide devant moi.

Mardi 30 janvier.

Ce que je sais c'est que je n'ai plus rien. C'est
l'horreur. Il n'y a plus que le vide. Les vides. Ce
vide du dernier terrain.
On n'est pas deux. On est seul chacun.

Le 31 janvier.

Laissez-moi. C'est fini. Laissez-moi mourir. J'ai
honte.

Vendredi 2 février.

Tu te souviens comme on a été beau. Plus personne après n'a été beau comme ça.

Le 15 février.

La chambre ancienne où l'on s'aimait.

Le 16 février.

C'est curieux comme je t'aime toujours, même
quand je ne t'aime pas.

Lundi 19 février.

Je sais ce que je vais subir: la mort. Ce qui m'attend: ma figure à la morgue. C'est horrible, je ne veux pas.

Plus tard

Tous ces gens qui demandent la mort de Duras.

Plus tard

75

Il n'y a pas que la honte, la honte de tout.
Je ne suis plus rien.
Plus rien.
Je ne sais plus être.
Ce qui n'est pas fini, c'est l'argument de votre
personne.

Plus tard

Il y a le livre qui demande ma mort.
Y.A.: Qui est l'auteur.
M.D.: Moi. Duras.

Mardi 20 février.

Yann, il faut que je vous demande pardon, pardon pour tout.

Le 26 février.

Je vous ai connu très fort.
Je vais partir vers un autre degré.
Nulle part.

Le 28 février.

C'est fini.
Tout est fini.
C'est l'horreur.

Le jeudi 29 février, 13 h.

Je vous aime.
Au revoir.

POSTFACE

C'est vers la fin du mois d'août 1995 que Yann Andréa m'a
apporté le début de *C'est Tout:* quelques feuillets dactylo-
graphiés qui allaient du 20 novembre 1994 au 1er août 1995.
Nous les avons publiés très vite et Marguerite Duras a pu voir
le livre. Tout le monde savait alors qu'elle n'allait pas bien. Puis
quelques jours après sa mort, le 3 mars 1996, Yann m'a donné
ceux qui s'arrêtent au 29 février. Qu'il s'agisse de notes écrites
par elle, ou retranscrites par Yann, ce qui frappe, pour qui a
connu Marguerite Duras vers la fin de sa vie, c'est à quel point
on y retrouve sa voix, cette manière déraisonnable et puissante
de contraindre la langue à sa pensée, une manière ici devenue
lapidaire, à cause de l'urgence et de la peur du silence. Elle par-
lait exactement comme elle écrivait, ou l'inverse. C'est pour ce
qu'elles disent et c'est aussi pour la volonté de dire jusqu'au
bout que j'ai trouvé ces pages mal tapées sur la vieille machine
même pas électrique si bouleversantes. Et encore parce que

toute l'œuvre s'y trouve présente, par fragments, par éclairs, échos, comme toujours reprise et revisitée, cette fois ultime, la vraie dernière fois.

—Paul Otchakovsky-Laurens